강물 위에 머무는 시간들

강물 위에
머무는
시간 들

조성재 지음

렛츠북

° 예순을 훌쩍 넘기고도 칠십을 바라보며
°° 앞으로의 삶에 무엇을 찾아가는 게 아닌
°°° 무엇을 남기고 가는지에 귀 기울이게 된다.

이 시집은 젊음이 지나간 자리에
조용히 남아 있는 시간들의 흔적이다.
예순을 훌쩍 넘기고도 칠십을 바라보며
앞으로의 삶에 무엇을 찾아가는 게 아닌
무엇을 남기고 가는지에 귀 기울이게 된다.
앞으로 나아가는 발걸음보다
뒤돌아보는 시간 또 시선이 조금 더
길어져 있다.

이 시들은 성취에 대한 기록이 아니다.
살아온 날들에 대한 고백이다.
말하지 못에 가슴에 남아 있는 것들
늦어서 더 선명해진 그리움이 시가 되었다.

나이가 들어갈수록 시는 더 낮은 곳으로 향한다.
화려한 글보다 조용한 글을 택하게 되고
버려온 절규보다 숨결 같은 언어를 믿게 된다.

이 시집이 같은 길을 지나온 이에게는

같은 한숨이 되고 아직 이 길을 가는 이에게도

잠시 쉬어갈 그늘이 되기를 바란다.

세월이 시를 만들었고

시는 다시

남은 시간을 살아가게 된다.

차례

3장   비와 구름

4장   바다

5장   그리움

1장

江

남한강에 서서

쏟아지는 햇빛을
손으로 꼬옥 움켜쥐고
흐르는 강물 위로
한 줌 뿌린다
떨어지는 빛의 조각들이
은빛 비늘처럼 반짝이고
그걸 바라보는 노승의 등 뒤로
지난 세월이 피어난다
그때
바람이 소리 없는 울음처럼
살며시 불며 지나가고
밤은 언제나처럼
내일의 빛을 기다린다

침묵

하늘이 강이 되고
강이 하늘이 되는 날
빛은 어둠 속으로 물처럼 흐르고
물 따라 새는 날아가리라
난
세상의 낮은 침묵을 찾아
산을 오르리라

남한강의 아침

남한강 수면 위로

거울이 피어오르는 것을 본다

숨을 죽인 강물 위로

토해내듯 쉼 없이 여름을 노래하고

산 그림자는 그 위로

천천히 누워간다

사람들의 발자국보다

물의 기억이 더 오래 남는 아침

차가운 빛 속에

계절도 소리 없이 태어나고 있다.

섬진강

벗꽃 흐드러진 봄날

나는 섬진강과 마주 선다

봄의 햇살은 조용한 강물로 내려앉고

한 장의 오래된 편지처럼

빛바랜 추억이 되어 그 위로 부숴져 내린다

강가에 줄 서 핀 벗꽃은 바람과

속삭이며 지난 겨울을 얘기한다

유유히 흐르는 강물에 마음 한 겹씩 풀어지고

그리움에 지친 마음까지

봄빛 속에서 녹아내린다

강에 오래 머물러 서서

꽃잎이 강 위로 떨어지는 소리를 들으며

그 작은 소리 하나에

오랫동안 굳었던 시간들을 보낸다

활짝 핀 꽃의 봄날로

남한강의 비 그친 저녁 무렵

비 그친 남한강 수면 위로
어둠이 스며들고
강물은 한스런 통곡의 눈물로 닦아낸 듯
붉은 얼굴로 수줍듯 고요하다

석양은 강물 위로 천천히 내려앉고
그 위 하늘은 색 빠진 옅은 먹구름과
흩어진 잔구름들이
하루의 끝을 알리듯 밤하늘로 사라진다
젖은 갈대는 빗물의 향기를 머금고
산 그림자는 물결에 기대어 드리운다

모든 게 잠잠한 이 시간
남한강은 오래된 시집의 마지막 장을
천천히 넘기듯 숨을 고르고
마음은 강물에 씻기듯 맑아지고

석양과 구름이 그려내는 빛의 화폭 속에서

난 잠시 세상의 무거움을 내려놓고

고요한 강의 품 안에

한 줄기 바람으로 머문다

팔당호수

고요한 팔당호의 수면으로
햇살은 뿌리듯 내려앉는다
한 줄기 바람도 없이 고요한데
그 순간마저도 팅기듯 비추고
비늘처럼 솟은 물 사이로 반짝이는
윤슬을 물 위에서 펼쳐 보인다
그 빛을 따라 마음을 내려놓고
흐르는 시간에 나를 맡긴다

1월의 팔당호

팔당호 수면으로 잿빛 구름이 내려앉고
바람에 길 잃은 낙엽들은
서로의 빛바랜 그림자에 기대어
방향 없이 방황하며 떠돌고 있다

호수 위에 남은 빛은
오랜 기억처럼 갈라져
알 수 없는 곳으로 흘러간다
붙잡으려 해도 멀어지고
시간의 등 뒤를 따라
호수는 말없이 어둠 속으로 사라진다
그러나 사라짐은 끝이 아닌
내일의 빛을 품고 있다

2장

바
람

바람

산을 오르다 산허리에
불어오는 바람을 맞으며

바람에 스며 있는
옛 기억들의 소리에
귀 기울여 본다

말로는 닿지 못한 시간들이
마른 나뭇가지 사이에서 부딪치며
살바도르 달리의 그림처럼
시간은 형태를 잃고 늘어져
바람에 매달린 채 흔들리고
현실과 기억의 경계는
가지 끝에서 녹아내린다

난 바람 속에 서서
현재에 녹아 있는 과거를 찾아본다

바람과 구름

구름은 울지도 못한 채

하늘을 떠돈다

머물 곳도 없이 바람의 한숨 따라

바람은 늘 뒤를 따르지만

만날 수 없다는 걸

손 뻗어 꼭 쥐려 해도 쥘 수 없는 채로

같은 하늘에 있지만 서로는 만날 수 없고

구름은 바람을 느끼지만

바람은 구름을 안아줄 수 없다

서로를 향해 흐르는 듯하지만

그러나 결국 길을 다른 곳을 향한다

초가을 입구에 내리는 비

초가을로 가는 하늘에선 빗방울이
밤새 지붕에 내려앉고
정원에 서 있는 단풍잎은
농익은 술을 마신 듯 붉게 물들어 간다

차분한 아침 공기 속에서
빗소리는 추억의 노래처럼 흐르고
바람에선 아련한 기억들이 기어 나온다
내 마음 또한
내리는 가을비에 수정처럼
빛나고
조용히 가을을 본다

시간의 마루에 서서

바람이 불 때마다
가을비가 한 차례 내릴 때마다
한 겹씩 벗겨지는 기억을 본다
젊은 날의 웃음도
서리 내린 백발이 빛바랜 듯
희미해질 때도
이젠 먼 언덕 저편에 남아 있다

거울을 보면 눈가에 그려진
움푹 패인 길들이
시간을 걸어온 흔적이리라
그 길 끝에는 이별이 기다리고
흘러간 기억들은 내 안에 숨죽인 듯
고요하고
그 길에 세월을
시간의 마루에 서 있게 하고
흐르는 강처럼 조용히 흘러간다

바람 부는 동해의 파도를 보며

바람은 속삭이듯 말은 없지만
파도는 되돌아 부서지고 돌아가고
그 위의 시간은 세월이다

난 그 앞에 서서
흘러가는 것과 머무름을
잊혀지는 것과 기억되는 것을
하나임을 본다

고독은 바람과 함께
내 안으로 스며들고
그 안에 있는 생각은 길을 찾아 떠난다

바람 부는 동해의 파도 앞에
난 삶을 묻는다
파도는 그냥 부숴질 뿐
대답은 없다

길과 바람

길을 돌아 한참 만에 돌아온 바람은

마치 오래 접어두었던 편지를

먼지 뽀얀 서랍 속에서

천천히 꺼내 펼치는 손길 같았다

바람의 결마다 잊힌 문장들이 낡은 향처럼 피어올라

내 안에 있는 오래된 방 하나를

살며시 두드린다

그곳엔 아직도

걷다 멈추고 웃다 울던

내 젊은 날의 그림자가

바람에 부숴져 흩어져 내게 온다

길 끝에서 돌아온 바람은

내 마음을 스치고 지나가며

가장 오래된 나를 깨운다

솔 향기

소나무 한 그루 서 있는 정상 바위 끝
솔 향이 낮은 바람을 깨우고
하늘의 구름은 천천히 그 향으로
세월에 번진다

바람은 잠시 멈춰 서서
솔잎 사이로 스미는 햇빛을 바라보고
구름은 그 빛을 흩어
떠도는 마음 위에 살며시 내려앉는다
세상은 늘 흐르지만
바위 끝 홀로 서 있는 소나무는
천 년의 전설을 품고
솔 향 가득한 바람이다

바람의 길

눈 덮인 산마루에
바람이 길을 묻고
나무는 그저 말없이 서서
세월의 길을 밝힌다
지나온 계절은 몸으로 기억하고
대답하지 않은 침묵은
끝내는 길이 된다

골목의 바람

골목길로 돌아서면
바람이 이방인처럼 다가온다
말없이 주머니에 손을 넣고
낡은 담벼락에 몸을 기대
내 그림자보다 먼저 떠나는
바람을 보낸다
바람이 지나간 자리에서
돌아올 시간을 생각하며
그 골목 귀퉁이에 말없이 서 있는다

3장

비
와
구
름

해와 구름

해의 조각빛이

솔잎 사이로 스며들며

빛으로 반짝이다 흩어지고

바람이 부서진 해의 조각을

강물 위에 뿌리며 윤슬의 여름은 빛들의 향연이다

창을 통해 보이는

솔구름은 머무르는 마음을 담아

걸음을 잠시 멈추게 하지만

이내 햇빛을 담아 길이 된다

비와 눈물

유리창에 금을 긋는 떨어지는 빗방울은 춤을 추고

풀과 흙의 냄새로 향기롭고

그리움은 스며들어 온다

비에 무거워진 나뭇잎은 고개를 숙이고

멀리 있는 가로등 빛에 수줍다

지금 창밖 빗소리는 깊어가고

유리창에 잔잔히 흐르는 빗방울은

잊었던

잊고 있었던 날들 위에 새겨진다

이 밤 내내 그리움을 적시며

밤은 잔잔한 물결이 된다

비와 구름

빗소리를 창을 두드리고
저 산은 조용히 젖어가지만
내 마음엔 빛나는 등이 켜집니다
잿빛 구름 그 뒤엔
햇살이 가득하니 비 그치면
다시 맑아질 것입니다
우울한 내 마음 뒤에요

비 오는 오후 카페 창가에 앉아

창밖에 비는 분수처럼 흩어지고
포도 위엔 빗방울이 꽃처럼 피어오른다
따스한 커피 한 잔을 입에 머금고
땅 위에 피는 물꽃을 바라본다
창을 두드리는 빗소리를
통기타의 은은한 노래로 퍼지고
불어오는 바람 끝자락에
그리운 이의 이름이 실려 온다

건너편 벤치에 비는 조용히 내리고
멈추어 선 시간만이 고요하다
커피의 향이 멈춰진 시간에 퍼질 때
나는 창밖의 비와 하나가 된다

미시령 여름 정상에서

안개가 펼쳐놓은 하얀 천 위에
나는 조용히 숨을 고른다
바람은 서늘하고 초록 능선은
구름에 기대어 평화롭다
산 아래 보이는 바다는 하늘에 닿고
산 아래 삶의 처절한 소음도 없다
오직 바람과 햇살뿐
길은 굽이져 오르고
정상에서 난 나를 내려놓는다
그리곤 새의 울음에
내 눈물은 안개 되어 피어오른다

보름이 이틀 지난 밤하늘의 달빛

흩어진 밤하늘 양털 구름 사이로

금빛 달은 수줍게 숨는다

사라진 빛 밤하늘은

한없이 깊은 바다가 되어

내 마음이 잠기운다

그러나 구름 틈으로 수줍듯 금빛 얼굴로 다가와

속삭이듯 간지롭고

이내 그 빛으로 희망이 되어

그냥 밤을 견디나 보다

비 개인 일요일 가을 길목의 아침

비 그친 가을 길목의 일요일 아침

젖은 나무 풀잎마다

햇살이 영롱하게 맺혀

투명 구슬처럼 빛난다

새들은 이른 노래로 아침을 깨우고

냇물은 은빛으로 부숴져 흐르고

어제의 추억들은 씻기듯 흘러간다

한켠에 핀 국화 향기는

가을의 문을 열고

바람마저 부드러워

남은 구름마저 한켠으로 밀어내고

비 개인 가을의 아침은 새로운 시작이다

비 오는 가을 새벽

비 내리는 가을 새벽
처마 끝에서
떨어지는 빗물은
어둠 속 고요를 깨우며
내 마음을 깨워
마음 깊은 곳까지 촉촉해지며
67년 전 가을을 적신다

붓으로 터치한 가을 석양의 구름

석양의 서쪽 하늘에
햇살은 붉은 물감으로 번져간다
구름을 붓으로 터치한 듯
하늘의 구름은 은은한 결을 날리고
바람은 그 결을 따라
하루가 저문다

산의 끝 능선은 마지막 빛을 품고
가을꽃의 그림자마저 동쪽으로 길게 눕고
그렇게 가을의 석양은
한 폭 그림이 된다.

운명

그녀가 숨을 거둔 다음날
하늘에선 조용히 흐르는 눈물처럼
잔잔히 비는 내리고
눈물의 비가 그치고 난 후
어둠 속에 달이 떠올라
보낸 이들의 마음을 비추고 있다

산다는 것

사는 건 그냥 그 길을 걸어가는 거야

발아래 흐르는 세월을 밟으며

천천히

가끔은 하늘이 그리워 올려보고

바람 불면 잠시 멈추고

햇빛이 부숴지면 눈을 감고

비가 오면 그냥 비를 맞는 채로

그저 지나가는 구름처럼 걷는 거야

산다는 건 결국 그 길 끝까지 걸어가는 것

깊은 산속 암자를 찾아

젊은 날 저무는 해를 뒤로하고
깊은 산 높은 곳에 있는 조그만 암자로
찾아 오를 때
갑자기 어둠 속에서 비는 하늘의 서러움처럼
퍼붓고
땅에 부딪히며 순결처럼 피어오르는
흙냄새에 동상처럼 몸은 굳어간다

풀은 비에 고개를 떨구고
나는 풀 향에 다시 깨어나
세상과 멀어진 채 나 자신에게로 다시 오른다

4장

바
다

비 내리는 동해바다 1

동해바다다
이유 있는 섬들이 없어 수평선은 가깝게 보이지만
바다는 깊다
비 내리는 동해바다를 마주하며
바다와 하늘이 하나 되는 풍경을 본다
삶의 모든 사연들이
하나의 공간 속에 공유하고
사람의 마음도 하나 되지만
마주한 바다 모래사장의 수많은 모래처럼
사연은 모래처럼 가득하다

그러나
바다의 파도가 수없이 어루만지며
사연은 바다로 잠겨 고요하다
무심한 듯
비 내리는 바다는
갈매기의 울음소리에도
무겁게 조용하다

비 내리는 동해바다 2

회색 하늘이 낮게 내려앉고
비 내리는 바다는 잔물결로 내려앉는다
여름 해를 머금었던 모래 해변은
빗방울에 젖어 고요히 빛을 토해내고
비 맞은 갈매기 울음마저 바다에 녹아든다

가까이 부쉬지는 파도 소리는
마치 오랜 이야기를 풀어놓듯
하얀 숨결로 해변을 적신다
우산 끝에 맺힌 물방울이
나를 따라 걷는 바람에 흔들리고
바다는 부는 바람마저 삼켜
하루를 깊이 간직한다

하늘 바다

하늘에 흘러가는 구름은
파도처럼 일렁이며
먼바다의 숨결을 닮았다

햇살에 부숴지는 결마다
물결의 노래가 스며들고
바람에 밀려나는 모양마다
끝없는 파도가 출렁인다

나는 하늘을 바라보다 벽처럼 서 있는
바다를 보고
바다를 바라보다
다시 하늘의 바다를 본다
결국 구름과 바다는
서로 닮은 거울이 된다

조그만 외딴섬

넌 누구니
왜 넌 이런 조그만 섬에서
아무도 봐주지 않고
불러주지 않는 이름으로
묵묵히 시간을 견디고 있니
이름 낯선 꽃들을 곱게 피우고
바다 위 덩그러니 떠서

무인도에 홀로 핀 꽃

푸른 바다

홀로 선 섬 위에

들꽃 한 송이가 피었다

부는 바람과 이야기하며

고독은 수평선 너머로

넘실거리며 떠난다

산 너머엔 하늘 바다가

산 너머엔 하늘이 바다처럼 열리고
구름은 섬이 되어
햇살 아래로 닻을 내린다
깊은 곳의 마음으로
바람은 스쳐가고
햇빛은 잠시 머문다
그사이
나는 서 있다
구름의 섬 위로 부는 바람 맞으며

5장

그
리
움

그리움의 꽃이여

가을 들녘에
말없이 피어난 붉디붉은 꽃이여
만날 수 없는 운명을
어찌 그리도 뜨겁게 태워
하늘에까지 올려보냈는가
그리움만 남기고
몸은 불꽃처럼 사라져도
너의 빛은
해마다 우리의 가슴에
푸른 잎으로 다시 태어난다

선녀로 하늘로 오르신 어머니

시월 그믐밤 어머니는 선녀가 되어 하늘로 오르셨다
세상에 남겨진 나의 심장은
터질 듯 뛰어 숨을 쉴 수 없어
쉰 목소리로 어머니를 부를 때
어머니는
마루 끝 달빛을 밟고 내려오셔
까칠한 손으로 내 마음의 걱정을
쓸어내리셨다
서늘한 별 하나
아궁이 불씨처럼 숨 쉬고
감나무 잎은 한 장씩 기도를 접는다
말없이 남긴 체온이
내 작은 손으로 느껴질 때
나는 비로소 흐르는 눈물이 멈춘다

아침 안개

뿌연 안개에 갇힌 떠오르는 태양은
그믐밤의 달처럼
스스로 빛을 숨기고 있다
아침이 이미 시작되었지만
새들은 아직 낮은 목소리로 울고
강가의 풀잎들은
젖은 숨을 고른다

태양은 서두르지 않고 안개 위에서
천천히 세상을 본다
나는 그 아래 서서
빛을 감춘 채 살아온 시간들을 떠올려 본다
말하지 못한 마음을
끝내는 밝히지 못한 이름을

그러나 안개가 물러나듯
그믐밤의 달이 다시 차오르듯
숨겨진 빛을 찾으리라

살아가는 것

건너 있는 저 산이
날 오라 하였는가
내가 그곳으로 가는 거겠지
삶의 마지막이 날 부르던가
내가 그 끝으로 살아가는 거지
그 속에서 울고
먹먹한 가슴 움켜쥐고
토한다 해도
살아지는 것보다 살아가는 게
인생인 듯하다

칠십에 서서

칠십을 살아오니
더 이상 달라지 않아도 세상은
내 곁으로 다가온다
젊을 때 바람같이
그중 한때는 불꽃이었지
다 뒤로 흘러가고 그 끝에 서서 보니
이제는 알 것 같다
여기 머무를 법을
가는 것들을 붙잡지 않는 것을

그래도 칠십의 하늘은 푸르고
그 아래 내 그림자는 바쁘게 움직인다
남은 날들에 감사하며
오늘 하루하루가 멋진 선물임을
이제야 알 것 같다
칠십에 서서

칠십 넘은 부부의 이별

지나온 세월 칠십 넘은 나이에
음푹 패인 주름은
서로의 얼굴에 조용히 내려앉아 있다

오랜 세월이 지났지만
그들 사이는 완전히 흩어지지 못하고
시간 속에 그리움은 남아 떠돌지 않았을까
마지막으로 잡은 손을
마른나무 가지처럼 멀리 있고
그 손끝에서 나오는 오랜 기억들은
산산이 부스러진다

그들은 알았으리라
같이 함께하지 못한 시간보다
지워지지 않는 마음의 흔적들이
아직도 서로에게 향해 있다는 걸

그녀는 눈을 감았고

그는 전처럼

작은 목소리로 이름을 부른다

미안했다

참으로 고마웠다고

마음을 외친다

가을 늦은 저녁 어머님을 그리며

골목길을 돌아서자 차가운 가을바람과
바람에 흩날리는 낙엽들이
오는 겨울의 소리를 들려줍니다

마주 잡은 두 손은 어머님의 따뜻한 손을
그리워하고
마치 차갑게 다가오는 겨울의 시림을
어머님의 따스한 손으로 포근함을 느낍니다

이제는 잡을 수 없는 손
어머님의 그리운 숨결이
바람결에 스며듭니다
낡은 책상에 앉아 달빛을 바라보면
그 안에 어머님의 따스한 미소가
피어납니다

가을의 밤은 깊어가고
그리움은 먹먹함으로
내 가슴에 머뭅니다

그 길

양평역에서 어머니 손잡고 내려
외할머니댁에 방학을 보내러 간다
마음은 벌써 흐르는 개울에서 피어나는
물 향기에 벅차고
뒷산에서 풍기는 풀 냄새를 기억하는
머리는 하늘을 난다

어머니 손잡고 오 리를 걸어
길모퉁이 어귀에 있는 전방을 지나면
좁은 언덕길 너머에는
언제나 맞이하는 누렁소가 하품하듯
입 벌려 다가온다
이내 외할머닌 눌린 듯한 가슴으로 한껏 내밀며
두 손으로 숨 막힐 듯 안아주신다
언덕을 넘어가는 좁은 길
한 갑자를 지나는 지금 그 좁은 길을 지날 땐
마음은 봄이 온 듯 설렌다

25년 추석

저녁이 내려앉자 산등성이 위로
어둠이 드리운다
논에 벼는 수줍듯 고개를 숙이고
이삭에 위로는 달빛과 바람은
이삭 사이로 부드럽다

달 밑으로 구름은 천천히 강처럼 흐르며
달빛을 감춘다
이때 세상은 어둠 속으로 스미는 듯하지만
그 속에서 구름 가장자리는
금빛으로 번져간다

달은 보이지 않아도 그 자리고
바람이 구름을 밀자 그 빛이 산허리를
비추며 강으로 흘러내린다
밤은 다시 고요를 본다
가려져도 사라지지 않고
보이지는 않아도 그 달빛은
25년 추석 우리를 비추고 있다

가을 이슬

가을 들판 풀잎에 내린

맑은 이슬은

조용한 숨결로 마음에 맺힌다

한밤의 가을 차가운 바람을

조용히 품고 영롱하다

그러나 이내 햇살이 스미며

순간의 영원을 노래한다

여름밤을 지내며

여름밤 내내 잠을 뒤척이고

새벽 동쪽 너머 산봉우리 위에

기지개 펴듯 햇살은 오늘도 피어오른다

거실 창 너머 심어놓은 백합무리들이

흰 얼굴로 반갑듯이 맞이하는데

난 인사도 못 한다

뒤척인 밤의 악령들이 아직

스러져 가지 못함일까

날은 밝아 떼까치는 여름 아침을 소리 내고

백합꽃도 꽃잎을 활짝 열어

오늘도 님을 기다리며 향기로 부른다

강이 피어 흐르는 바람에 떠다니는 옛 기억이

귀를 스치고 다시 항해를 하고

여름밤을 지낸 나는

다시 내가 된다

나의 정원

햇살 한 줌이
살포시 풀잎과 꽃잎 위에 내린다
풀 한 포기
꽃잎 한 송이 모두 내 손길을 아는 듯하다
세상은 요란해도
나의 정원은 느리게 흐르는 시간의 강이 된다
흙과
풀과
꽃과 향기롭게 흘러간다
정원의 깊고 푸른 만큼이나
나도 더불어 깊어간다

강물 위에 머무는 시간들

초판 1쇄 발행 2026년 02월 13일

지은이 조성재
펴낸이 류태연

펴낸곳 렛츠북
주소 서울시 영등포구 문래북로 116, 트리플렉스 1005호
등록 2015년 05월 15일 제2018-000065호
전화 070-4786-4823 I **팩스** 070-7610-2823
홈페이지 http://www.letsbook21.co.kr I **이메일** letsbook2@naver.com
블로그 https://blog.naver.com/letsbook2 I **인스타그램** @letsbook2

ISBN 979-11-6054-802-0 (03810)